Liebe, Hoffnung, Verständnis und Dankbarkeit

. . . lassen uns leben.

Bibliografische Information der Deutschen Nationalbibliothek:

Die Deutsche Nationalbibliothek verzeichnet diese Publikation in der Deutschen Nationalbibliografie; detaillierte bibliografische Daten sind im Internet über http://dnb.dnb.de abrufbar.

Satz, Umschlag

Herstellung und Verlag: BoD – Books on Demand, Norderstedt

ISBN: 978-3-7357-4598-9

Gerhard Jobs

Liebe, Hoffnung, Verständnis und Dankbarkeit

. . . lassen uns leben.

Inhalt

Vorab

Für Euch:

Diese kleine Reihe verschiedener Gedichte, Kurzgeschichten und Sinnsprüche ist im Besonderen meiner Familie, meinen Freunden und natürlich auch allen Menschen gewidmet, die Aussagen lieben, die keinem mehr als maximal zehn Minuten Lesezeit abverlangen, - damit noch Zeit zum Nachdenken bleibt.

Alles was . . .

das Herz berührt und den Verstand zum Nachdenken anregt, letztlich zum Tun führt, hat seinen Zweck erfüllt,
– dies aber nur, wenn es Dich zum Guten führt.

Besser wird unsere Welt, wenn wir begreifen, dass wir einander brauchen, die Persönlichkeit des Anderen achten, ihm wohlgesonnen sind.
Eigentlich so, wie unser Schöpfer es uns in den "Heiligen Schriften" geraten hat.

Ein Zeichen von Nächstenliebe und edlem Charakter ist:

Wenn wir uns über die Erfolge Anderer vorbehaltlos freuen können und auch an seiner Trauer Anteil nehmen, als hätte das gleiche Schicksal uns getroffen.

Wenn meine kleinen Ausführungen dazu beitragen würden, diese Eigenschaften der Nächstenliebe in irgend einem Menschen zu wecken, hat dieses kleine Buch seinen Zweck erfüllt.

Gerhard Jobs

Braunschweig d. 18.04.2014

vom **"Glücklichsein"**
     und
          "Glücklichmachen"

. . . wenn du das Gute, das du suchst und dir wünschst, auch jedem anderen gewährst, wirst du selbst und dein Nächster glücklich sein.

Der Schlüssel zum. . . . . ."Glücklichsein" auf dieser Erde ist:

Das Erschaffene, die Natur, die mich staunen lässt,

ein Zuhause, in dem ich mich geborgen fühle,

ein Lächeln, das mich gefangen nimmt,

ein Augenpaar, das die meinen sucht,

die Hand, die mich zart berührt,

ein Mensch, der mich versteht,

ein Herz, das mich liebt,

Ein Gott, der mich trägt.

Ja, ein Gott, der mich trägt,

sodass ich mich als ein Kind Gottes begreife! - und:

Ein Herz habe, das jeden liebt,

um den Mitmenschen verstehen zu wollen.

Der den Arm um die Schulter Müder legt,

nach Augen, die gefüllt sind mit Tränen sucht,

um selbst die mit Gram erfüllt sind, aufheitern zu können.

Für einen einsamen Mitmenschen dann mein Zuhause öffnen,

um dem Sinn, wofür du mich erschaffen hast, gerecht zu werden.

Ist auch der Schlüssel zum. . . . . . "Glücklichmachen"

auf dieser Erde.

Gerhard Jobs

Braunschweig d. 03.01.2013

Vergänglichkeit

Vergänglichkeit gibt es nicht,

nur Veränderung und Wandlung.

Gerhard Jobs

Braunschweig den 24.08.2013

Der Wind in den Bäumen
- jedes Leben ist wertvoll-

Ich höre ihn, den Wind in den Bäumen.
Dieses Rauschen, diesen kraftvollen Klang, - ich bin veranlasst zu träumen.
Ich stehe still, lausche und nehme mir Zeit, hab´ ja auch nichts zu versäumen.
Wie schön ist der Wind in den Bäumen.

Zu viel hab´ich schon gejagt und gehetzt, viel Sinnlosem oft nachgerannt
Feierabend? Den habe ich kaum gekannt.
Ja, wie schön kann das Leben sein, wenn man nachsinnt, Kraft schöpft, ganz entspannt.
Wie schön ist der Wind in den Bäumen.

Ein Eichhorn springt weit, fast getragen vom Wind, von Baum zu Baum, ich schau ihm nach.
Ein Liebespaar geht an mir vorbei, sie sehen mich nicht, wozu auch, da doch gerade ein Herz zu dem anderen sprach.
Ich gehe weiter, langsam Schritt für Schritt, ganz gemach.
Wie schön ist der Wind in den Bäumen.

Der Wind frischt auf, ich schließe die Jacke, mich fröstelt, spaziere
irgendwohin, - denn keiner vermisst mich.
Mein Lebenslauf neigt sich dem Ende, das Berufsleben Vergangenheit,
seit Jahren allein, - jeder denkt nur an sich.
Was ist für mich noch bereitet? Liegt da noch etwas für mich auf
des Lebens Gabentisch?
Wie schön ist der Wind in den Bäumen.

Wiederum bleibe ich stehen, immer noch rauscht der Wind in den
Bäumen, ich denke und spreche dann leis vor mich hin:
"Keiner erwartet dich, der Briefkasten leer, Essen auf Rädern,
hat dies Leben für mich noch einen Sinn?"
Trotzig heb´ ich mein Kinn.
Wie schön ist der Wind in den Bäumen.

Kinder kommen singend, hüpfend und springend den sandigen
Waldweg entlang.
Sie sind noch so sorglos, so fröhlich, nur der Augenblick zählt,
 - ihnen ist vor dem Leben nicht bang.
Ich schau ihnen nach, noch von fern höre ich den fröhlichen
Kindergesang.
Wie schön ist der Wind in den Bäumen.

Was bracht´ mir das Leben? Was hab´ ich gewollt? Wohin sollte die
Reise denn geh´n?
Stille? Was umgibt mich? Die Natur, die Schöpfung, mit ihren Tälern,
Bergen und Seen.
Hab´ ich das Wichtigste im Leben lediglich überseh´n?
War denn alles nur betrüblich? War nicht auch in meinem Leben
etliches schön?
Wie schön ist der Wind in den Bäumen.

Nein, egal wo man ist, wie das Schicksal Dich auch fordert, irgendwie
hat doch alles tieferen Sinn.
Du bist auf der Erde nicht allein, auch wenn Menschen an Dir achtlos
vorüberzieh´n.
Mit der Nähe zu Deinem Schöpfer ist jede Stunde Deines Lebens
Dir ein großer Gewinn.
Wie schön ist der Wind in den Bäumen.

Er sieht Dich, er kennt Dich, für ihn bist Du wertvoll, dank seiner Güte
wirst Du nichts versäumen.
Du darfst lächeln, jubeln, seiner Liebe Dir sicher sein, - und brauchst
vom Guten nicht nur zu träumen.
Auch wenn es scheint, dass niemand Dich erwartet, gehe Du auf den
Anderen zu, lad ihn doch ein, wenn auch in schlichten, ärmlichen
Räumen.
Wie schön ist der Wind in den Bäumen.

Ich habe das Lied des Windes deutlich vernommen,
mein Herz kann sich freuen, ich habe eine höhere Art des Lebens
erklommen.
Ich wende meinen Schritt, gehe viel erfreuter wieder nach Hause
zurück, habe tiefen Frieden und neuen Lebensmut bekommen,   .
. . ich habe wieder Mut zum Träumen.
Wie schön ist der Wind in den Bäumen.

Gerhard Jobs

Braunschweig d. 26.01.2013

Mensch wer bist du?

Ein zartes Lächeln huscht über dein Gesicht,
verständnisvoll lehnst du dich zurück,
mit freundlicher Geste lädst du ein, Platz zu nehmen.
. . . . so bist du, so kannst du sein.

Kaum später springst du auf, holst tief Luft, hältst sie an,
die Hände zur Faust geballt, mühsam können Sie deinen Zorn noch
halten.
. . . . so bist du, so kannst du sein.

Mit schnellen, kreisförmigen Bewegungen putzt du ihn,
hauchst ihn an,
putzt weiter und erfreust dich an deinem Spiegelbild darin.
. . . . so bist du, so kannst du sein.

Du reichst ihm beide Hände, als Geste der Freundschaft,
mit der Hoffnung, dass es vergeben und vergessen ist.
. . . . so bist du, so kannst du sein.

Vorsichtig tupfst Du die Schweißperlen von seiner Stirn
und schenkst ihm einen gütigen, liebevollen Blick.
. . . . so bist du, so kannst du sein.

Du blickst nach oben, zu deinem Herrn, die Hände gefaltet,
ein Gebet auf den Lippen, eine Bitte um . . . , du weißt er gibt gern.
. . . . so bist du, so kannst du sein.

Du streichelst sein Fell, so glatt, so weich, so schön kann ein
Lebewesen sein.
Du erfreust dich an der Schöpfung, der schönen Natur, dem Leben.
. . . . so bist du, so kannst du sein.

Krieg, die Hand an der Waffe, den Feind vor Augen,
warum nur? Muss das sein? Er will doch auch nur überleben.
. . . . so bist du, so kannst du sein.

Ihr haltet euch fest umschlungen, ein zarter Kuss euch tief beglückt.
Ihr schaut einander tief in die Augen und erblickt eine Unendlichkeit
voll Liebe und Glück.
. . . . so bist du, so kannst du sein.

Erstaunt über das neue Leben, wie klein sind die Hände, wie zart seine
Haut.
Sein erstes Lächeln, wir wollen ihn hegen, wie sehr er uns doch
vertraut.
. . . . so bist du, so kannst du sein.

Deine Hände streichen zart über sein Gesicht, schließen ihm die Augen,
Tränen laufen über dein Gesicht. Ja, er war dir sehr wertvoll, Du
liebtest ihn, für ihn wolltest du etwas taugen.
. . . . so bist du, so kannst du sein.

Gerhard Jobs

Braunschweig d. 29.03.2013

Gutes tun

Um Gutes zu tun brauchst Du keine

besondere Aufforderung.

Gerhard Jobs

Braunschweig den 22.06.2013

Weihnachten

. . . ist vergessen, was man dir angetan hat.

. . . ist Zorn, verletzte Gefühle oder sogar Rache auf ihn zu legen, der sein Leben für uns gab.

. . . bedeutet auch, sich zu entschuldigen und begangenes Unrecht wieder gutzumachen.

. . . ist Anderen, aber auch sich selbst zu vergeben und mit neuen Zielen sein Leben zu gestalten.

. . . sein Herz für die Not anderer zu öffnen und mit gebender Hand auf ihn zuzugehen.

. . . heißt auch, den Eigenschaften des Heilands nachzueifern.

Dann wird unser Herz mit dem Frieden erfüllt, den er, der Erlöser, uns ja verheißen hat.

Dann gibt Weihnachten dir nicht nur zwei oder drei schöne Tage,

. . . . sondern viele schöne Jahre.

Gerhard Jobs

Braunschweig d. 11.05.2013

. . . eine Weihnachtsgeschichte

"Wisst ihr, es sind nur noch zwei Tage dann haben wir Heiligabend. Hat einer von euch schon die notwendigen Weihnachtsgeschenke?, fragte Jonathan, dabei jeden in der Runde anschauend. "Ich habe an eins gedacht, was eventuell infrage kommen würde", sagte Claudia. "Dann hast du auch noch nicht viel", gab ihr Jasmin zur Antwort und fuhr fort, "tröste dich, mir geht es noch schlechter, bis jetzt habe ich noch gar nichts Gescheites gefunden, nicht einmal eine Idee." "Dass man immer etwas schenken muss", sagte Sven, – "reicht es nicht, wenn man nur das liebe Kind ist." Letztlich waren alle noch auf der Suche nach entsprechenden Weihnachtsgeschenken. Auch hatte man gemeinsam festgestellt, dass kaum genügend Geld vorhanden war, um die Dinge, die man dann gerne kaufen würde, bezahlen zu können. "Lasst uns einen Schritt zulegen, in gut einer Stunde schließen die Geschäfte", sagte Sven und mahnte somit zur Eile. Leichter Schneefall setzte ein, als sie weiter in Richtung Innenstadt gingen. "Seht mal da", sagte Jonathan, der nach seiner Frage, ob schon jemand Weihnachtsgeschenke habe, sich kaum an den weiteren Gesprächen beteiligt hatte und nur durch gelegentliches Kopfnicken den Meinungen der anderen jeweils beipflichtete. Er zeigte mit seiner Hand auf etwas Größeres, Schwarzes, das auf dem Gehweg lag. "Das ist ja eine Tasche", rief Jasmin und lief los. Doch Sven war schneller, hob sie auf, schwenkte sie, sich dabei einmal um sich selbst drehend, in der Luft herum und rief: "Das kann vielleicht die Lösung all unserer Probleme sein." "Lass mal sehen, was drin ist", sagten alle wie aus einem Munde. Sven begann die Tasche, es war eine Umhängetasche, zu öffnen und darin herumzukramen. Nun zeigte auch Karoline, das dritte der dort anwesenden Mädchen Interesse und trat dicht an Sven heran, um all das zu erwartende Gute in Augenschein nehmen zu können. "Seht mal hier", sagte Sven und förderte ein Portemonnaie, einen Ausweis, einen Haustürschlüssel, eine Patientenverfügung, ein kleines Medaillon, einen

Kamm, einen Spiegel und weitere Utensilien, die gut und gern einer älteren Dame zugeordnet werden könnten, ans Tageslicht. "Tatsächlich, alles gehört einer Frau", sagte Claudia, die auf den Ausweis in Svens Hand blickte, und las laut vor: "Herta Neumann, geboren am 2. April 1942 in Graudenz", und sagte dann weiter, - "die ist 72 Jahre alt."

"Öffne doch mal das Portemonnaie", rief Karoline. "Nicht so laut", sagte Jasmin und veranlasste, dass alle leiser und ruhiger wurden und Sven sogar einmal um sich blickte, um zu sehen, ob sie auch unentdeckt und allein waren. Keiner war in ihrer Nähe. Sven öffnete das Portemonnaie.

Ein zehn und ein fünf Euroschein sowie ein wenig Hartgeld waren der ganze Inhalt des Portemonnaies. "Das ist nicht all zu viel", sagte Claudia. "Das stimmt, - und wir werden kaum eine Chance haben die notwendigen Geschenke für Weihnachten dafür kaufen zu können", vollendete Karoline Claudias angefangenen Gedanken. "Und was machen wir nun?", sagte Jasmin. "Denkt doch an das Medaillon", sagte Sven und zeigte auf das neben dem Ausweis noch immer auf seiner Hand liegende Medaillon. "Ist das nicht super, das bringt bestimmt weitere 50 Euro, auch wenn es schon etwas lädiert aussieht", erklärte Sven triumphierend, um damit weiter auf den eventuellen Wert des Medaillons hinzuweisen. "Und was wird aus der Frau?" Alle sahen einander an und waren irgendwie ratlos. "Einfach alles behalten, das können wir doch nicht! - es ist doch Weihnachten", sagte Jonathan. Wiederum Stille. Claudia blickte immer noch auf den Ausweis und auf das Medaillon, die dicht nebeneinander noch auf Svens Hand lagen. "Einfach stehlen, - was mag dieses Medaillon ihr bedeuten?", murmelte Claudia leise doch vernehmlich vor sich hin und blickte fragend in die Runde. "Vielleicht ist es ein Geschenk von ihrem Mann, zum Hochzeitstag oder so", gab Jasmin zu bedenken. Wieder Unschlüssigkeit und Stille."Und wenn wir alles wieder in die Tasche tun und zum Fundbüro bringen, oder selbst zu der Frau?", war Jonathans kurzer Kommentar. "Vielleicht bekommen wir ein gutes Trinkgeld", merkte Sven an. Alle waren dabei sich über das Gesagte Gedanken zu machen, da vernahm man die zarte Stimme von Karoline: "Weihnachten ist doch das Fest der Liebe, des Schenkens, - vielleicht können wir noch zusätzlich etwas in die Tasche hineintun, oder das defekte Medaillon reparieren lassen und dann die Tasche unbemerkt Frau Neumann wieder zukommen lassen."

"Wollen wir das wirklich?", fragte Sven und fuhr fort: "Wo bleiben dann die von uns zu kaufenden Geschenke?"

"Dafür werden wir bestimmt auch noch einen Weg finden", meinte Karoline und sagte weiter, "lasst uns jemanden einfach glücklich machen." Irgendwie waren alle von Karolines Aussage sichtlich bewegt. "Stimmen wir ab, - anonym", sagte Sven. Das doch vorhandene Gute in ihren Herzen hatte mehrheitlich gesiegt. Bei vier "Ja-Stimmen" und einer Stimmenthaltung, die aber wohl mehr aus Unentschlossenheit, als aus wirklicher Ablehnung helfen und erfreuen zu wollen entstand, war das weitere Vorgehen beschlossen. Etwa 20 Minuten später hatten sie den kleinen Juwelierladen in der Innenstadt erreicht. Mutig betraten sie den Laden, bei dem sie nur gelegentlich in das Schaufenster geschaut hatten. Der Juwelier musterte die Jugendlichen, lächelte, wie er es zu allen seinen Kunden tat, und fragte freundlich: "Was kann ich für die jungen Leute tun?"

Nach einem Gespräch mit dem Juwelier, dem sie das Ereignis schilderten und nach dem er sich den Schaden am Medaillon angesehen hatte, war er bereit, die Reparatur kostenlos vorzunehmen. Dies aber nur, wenn die Jugendlichen ihm fest versprechen würden, der Frau, wie sie es geplant hatten, die Tasche zurückzugeben und ihm dann genau zu berichten. "Und es wird kein Finderlohn in Empfang genommen, wir alle wollen keinen materiellen Vorteil aus dieser Sache ziehen, - wir wollen den Geist der Weihnacht nicht verlieren", sagte er liebevoll und doch unmissverständlich.

Mehrere Male hatte Frau Neumann den Weg, den sie gegangen war nach ihrer Umhängetasche abgesucht, sie konnte ihre Tasche einfach nicht finden.

Fünf Jugendliche standen vor der Tür von Frau Neumann, alle vorherigen Erwägungen der Vorteilsnahme waren verflogen. Sie wollten Freude bringen. Ihr Inneres war erregt und doch seltsam ruhig. Ein besonderes Gefühl tiefen Glücks erfüllt diese jungen Menschen.

Karoline klingelte. Alle hatten sich außer Sichtweite begeben. Jeder hing seinen eigenen Gedanken nach.

Da stand nun eine 72 jährigen Frau regungslos in der geöffneten Haustür, Tränen liefen über ihr Gesicht, das Medaillon hielt sie mit ihren Händen fest umschlossen.

Wie versprochen, berichteten die fünf Jugendlichen alles dem Juwelier. So kann unsere Jugend sein, so können Menschen sein, wenn irgendetwas das aus Liebe zu ihrem Nächsten geschieht, ihr Herz berührt.
Für sieben Menschen ist heute Weihnachten geworden.

Gerhard Jobs

Braunschweig d. 11.05.2013

,

Der Garten Getsemani

In diesem Garten geschah das Wunder der Errettung für die ganze
Schöpfung, - durch ihn ganz allein.
Hier betete unser aller Heiland sich selbst vergessend:
"Nicht wie ich will, sondern wie du willst", - so musste es sein.

Kurz schreckte er zurück, doch leerte er dann aus Liebe zu uns und
nach des Vaters Willen den Kelch und trug unser aller Sündenlast,
freiwillig, zu nichts gezwungen.
Dort wurde trotz Angst und Traurigkeit, und obwohl zu Tode betrübt,
der Sieg errungen.

Hier bezahlte er für allen Hochmut, alle Arroganz, jedes lieblose
Handeln, alle Eitelkeit, für jeden Egoismus, jede Gleichgültigkeit,
jegliche Unterlassung, alle bösen Taten, alle Herzlosigkeit und
für vieles mehr.
Für die Taten der Lügner, Diebe und Räuber, Ehebrecher,
Vergewaltiger, Hochstapler, Verräter, Betrüger und die weiteren vielen
großen und kleinen Verbrechen, die Menschen begangen haben und
noch begehen werden, - hierfür zahlte er.

Hier dienten ihm Engel und gaben ihm Kraft, hier ertrug er all unsere
Sündenlast, hier ist ihm das Werk der Erlösung gelungen.
In diesem Garten hat der Heiland für jeden Umkehrwilligen die
Befreiung vom geistigen Tod errungen.

Er zeigte uns damit sein großes Herz, seine tiefe Liebe, das für den Umkehrwilligen einen Weg der Vergebung bereitet ist.
Somit bewies er, durch seine Fürsorge und große Tat wahre Liebe, und dass er stets an jeden denkt,   - uns nicht vergisst.

Hier trat aus jede seiner Poren Blut unserer Sünden wegen.
Hier wurde durch das Sühnopfer die Gerechtigkeit zufriedengestellt und uns, die umkehrwillig sind, die das Sühnopfer anerkennen, große Gnade nun zuteil.
Wozu diese Tat? Was ließ ihn tragen die große Last? Was ließ ihn für jeden Heiland sein? Allein seine Liebe für uns, bewirkte diesen Segen.
Er kennt die Zukunft, er weiß was uns erwartet während der langen Ewigkeit. Nicht Leid, sondern tiefes Glück will er für jeden, - zu unser aller Seelenheil.

Gerhard Jobs

Braunschweig d. 21.06.2013

P.S.

Wir alle benötigen das Sühnopfer, denn irgendwo und irgendwie finden wir uns alle auf der Fehlerliste wieder, - und nur er war fähig uns der Erlöser zu sein.

Ehrfurcht vor dem Schöpfer

Die Allmacht Gottes bleibt dem verschlossen, der nicht in der kleinsten Pflanze, im geringsten Lebewesen, die Genialität des Schöpfers erkennt.

. . . nicht eines davon können die klügsten Menschen erschaffen.

Gerhard Jobs

Braunschweig d. 01.05.2014

Ehrfurcht vor dem Schöpfer

Schön ist es, wenn in klarer Winternacht zu den Sternen am Himmel ich schau.
Wenn herrlich, bunte Schmetterlinge mit Farben weiß, gelb, rot und blau,
flattern sorglos spielend im Sonnenschein.
Wenn mich der Gebirgsbach sein Wasser zu trinken lädt ein.

Blicke ich über das Meer in die unendliche Weite bis zum Horizont, das ist mir Lohn,
wie auch ein großes Kornfeld welches sich vor mir entfaltet, durchwirkt mit Kornblumen und Mohn.
Am Feldrand die jungen Füchse, sie schauen immer noch vorsichtig aus ihrem Bau.
Selbst wenn Regenwolken oben am Himmel stürmen sehr dunkel und sehr grau.

Später, wenn dann Sonnenstrahlen wieder alles erwärmen, bis die Luft vor Hitze flimmert.
Des Nachts dann das Mondlicht geheimnisvoll durch die Wolken schimmert.
Oder Blitze die Nacht erhellen, gefolgt von lautem Donner und Grollen.
Lässt mich dies ahnen des Schöpfers große Macht, sein erlösendes Wollen.

All dies bewegt mich, macht mich nachdenklich, irgendwie demütig und froh.
Das gibt mir Hoffnung, nimmt mir jegliche Angst vor der Zukunft, das fühle ich einfach so.
Weil unser Herr und Heiland über uns wacht,
lässt er für uns hellsten Tag werden, selbst in des Schicksals dunkelster Nacht.

Gerhard Jobs

Braunschweig d. 03.07.2013

Einander vertrauen!

Von der Vertrauensseligkeit unserer kleinen Kinder
können wir viel lernen.

. . . unkompliziert, unvoreingenommen
    begegnen sie einander.

Gerhard Jobs
Braunschweig d. 01.05.2014

. . . zwei Mädchen

Zwei Mädchen treffen sich am Straßenrand,
sie sind einander nicht bekannt.
Eins brünett, mit dunklem Haar,
sicherlich nicht hier in diesem Land seine Heimat war.

Ihr Kleid ist so grell, zu stark betont farbenfroh.
Nicht eins hier bei uns kleidete sich so.
Das andere Mädchen mit heller Haut und blond gelocktem Haar,
mit ihrer Familie hier in diesem Land zuhause war.

Sie blicken einander länger schweigend in die Augen.
Darf ich mit ihr spielen? Werden ihre Eltern es erlauben?
Das blondgelockte spricht das brünette Mädchen zögernd an,
das dunkelhaarige Mädchen ihr nur unverständlich Antwort geben
kann.

Ein kurzes Warten, dann ergreift die Blonde wortlos der anderen Hand
und entführt sie wortlos in ihr schönes Spielzeugland.
Erstaunlich, wie gut das Spielen miteinander geht,
wie gut man sich fast wortlos jetzt versteht.

Nach dem Erstem sich befremdlich fühlen,
beide recht fröhlich miteinander spielen.
Letztlich ein Herz den Weg zum anderen Herzen fand.
Egal woher, von welchem Land.

Viel öfter sollten wir so wie die Kinder sein,
Dann wäre in der Welt kaum jemand einsam, traurig und allein.
Der Wert des Anderen würde viel schneller dann erkannt.
Alle sind wir Gottes Kinder, egal woher, von welchem Land.

Gerhard Jobs

Friedrichsdorf d. 10.07.2013

. . . vom Ehrlichsein.

Ehrlich sein ist das nicht dumm?
Gibt es einen der das noch ist um uns herum?
Jeder muss sich selbst der Nächste sein,
sonst wirst du niemals groß, bleibst immer klein.

Taff ist es, der Sieger stets zu sein,
ganz oben zu stehen, ganz allein.
Kann man nicht auf Kosten anderer sparen?
Muss man meine geheimen Einnahmequellen je erfahren?

Es nehmen doch alle irgendwo heimlich etwas mit.
So gleicht sich alles wieder aus, dann sind wir auch wieder quitt.
Ich werde durch mein Reichsein immer schöner und sehr galant.
Erhebe ich meinen Kopf, glitzert je eine Goldkette um Hals und Hand.

Das schönste Haus, das größte Auto, das meiste Geld, nenn ich mein.
Junge Frauen, viele Freunde, alle wollen in meiner Nähe sein.
Ich habe viel, bin gern gesehen weit und breit.
Maßanzüge, teure Hobbys, viel freie Zeit, – Achtung! Bitte keinen
Neid.

Und du, ein ganz normaler, einer von vielen, von wenigen verehrt.
Was hast du denn? Was kannst du zeigen? Welches ist denn nun dein
Wert?
Vergiss nicht, es kommt auf den Maßstab dessen an, dem alles dieser
Welt gehört.
Er wird bestimmen und niemand sonst, was ist wertvoll, von ew´gem
Wert.

Hier herrschst du keine 100 Jahre und konntest nach deinen Wünschen
leben.
Danach wird Gott von seinem Reichtum, demjenigen dem es zusteht,
gerne geben.
Klug ist, wer die Werte die der Schöpfer uns genannt,
während seines ganzen Lebens fortwährend hat gut angewandt.

Gerhard Jobs

Braunschweig d. 31.07.2013

Toleranz

Wer die Gefühle seiner Mitmenschen nicht verletzt, ihnen ihre persönliche Freiheit lässt, ist ein Mensch, der geeignet ist, ein Führer vieler zu sein.

Gerhard Jobs
Braunschweig den 01.05.2014

Der Gartenzwerg

Willi, der "sonderbare Alte", wie er in der Nachbarschaft wegen seiner ausgeprägten Vorliebe für Gartenzwerge hinter vorgehaltener Hand genannt wurde, saß auf seinem besonders gepolsterten Stuhl und schaute aus dem Fenster. Der Stuhl, der mit einer besonders dicken Auflage versehen war, ermöglichte es Willi einen besseren Blick auf den kleinen Vorgarten des alten Reihenhauses, dass seine Eltern kurz nach dem Krieg haben erwerben können, zu werfen. Wie meistens, so schaute er auch heute, ganz intensiv und ausdauernd auf den von ihm aufgestellten großen Gartenzwerg, der inmitten der kleinen Rasenfläche auf einem extra dafür angelegten runden Blumenbeet thronte. Der Gute hatte die beachtliche Größe von etwa 70 cm und war mit seiner leuchtend roten Zipfelmütze schon von Weitem gut zu sehen. Nicht jeder konnte dem Gebilde soviel Liebe entgegenbringen wie Willi, sodass der Vorgarten des Reihenhauses in der Rosengasse 5 von etlichen am liebsten eingeebnet würde.

Versuche einiger Nachbarn den ihrer Meinung nach "überdimensional großen und hässlichen Gartenzwerg" z. B. durch einen schönen Blumentopf zu ersetzen, für den sie sogar Geld spenden würden, konnte Willi nicht veranlassen, seinen Liebling zu ersetzen.

Die meisten Nachbarn beließen es bei diesem Versuch Willi zur Umgestaltung seines Vorgarten zu bewegen bewenden, - aber nicht alle. Immer häufiger begann der Gartenzwerg im Vorgarten der Rosengasse 5 Ziel verschiedener, erst kleinerer und dann nach und nach größerer Attacken zu werden. Einmal wurde er auf den Kopf gestellt, in dem man ihn mit der Zipfelmütze in den Boden rammte. Ein anderes Mal hatte man ihm einen Jutesack übergestülpt, dann einmal ganz gelb angestrichen, - ihn zu zerstören hatte bislang sich noch keiner getraut. Diese Streiche oder schon mehr Übeltaten wurden von aufgestachelten, vielleicht sogar bezahlten Jugendlichen verübt. Immer wieder richtete Willi geduldig und liebevoll seinen "kleinen Liebling" wieder her.

Oft saß Willi viele Stunden auf seinem Stuhl, blickte in den Vorgarten, um möglichst zu verhindern, dass seinem Gartenzwerg etwas Böses widerfuhr. Doch wie sollte er es verhindern? Ganz ohne Schlaf ging es nun einmal nicht.

Wieder einmal hatte man zugeschlagen und diesmal dem Gartenzwerg einen Strick um den Hals gelegt um anzudeuten, was man ihm wünschte. Vorsichtig und liebevoll entfernte er den Strick vom Halse des Gartenzwerges, dabei murmelte er vor sich hin: "Warum mag dich keiner, du tust doch keinem etwas?" Er ging nach dem Entfernen des Strickes in sein Haus, er hatte Tränen in den Augen.

Eine kleine Weile saß er fast regungslos in seinem Wohnzimmer, dann stand er auf, machte sich bereit, um die "neue Dame" von Pflegedienst, die im zugeteilt worden war, empfangen zu können. Frau Duderstedt war sehr freundlich, kompetent und flott. Sie bemerkte seine Traurigkeit und sagte zu ihm; "Bestimmt sind Sie traurig, dass Frau Mahler meine Vorgängerin nicht mehr zu Ihnen kommen kann. Sie hat jetzt eine Stelle im Innendienst angeboten bekommen, die sie verständlicherweise gerne angenommen hat". Sie blickte Herrn Schrader, Willi Schrader liebevoll an und sagte: "Ich glaube, dass wir uns auch gut verstehen werden." Willi sagte nichts, er blickte zu Boden. Dann sagte er : "Das ist es nicht" - und er erzählte ihr von seinem Kummer. "Sie müssen wissen, ich habe meine Mutter früh, mit 11 Jahren verloren und oft, sehr oft hat sie mir mein Lieblingsmärchen vorgelesen. Ich liebte besonders als Kind das Märchen von "Schneewittchen und den 7 Zwergen". Die Liebe zu Zwergen ist mir geblieben. Ich verbinde damit Erinnerungen an meine liebe Mutter. Für immerhin schon viele Jahre geben mir Zwerge, besonders der in meinem Vorgarten Trost und Zuversicht". Frau Duderstedt verstand ihn und fühlte mit ihm. Zu Hause erzählte sie ihrem Sohn von diesem ab jetzt zu betreuenden älteren Herrn und seinem Kummer. Ihr fiel auf, dass ihr Sohn, der bei den Jugendlichen sehr beliebt war, aufmerksam zugehört hatte und irgendwie besonders berührt zu sein schien.

Eines Morgens, Willi war in den Vorgarten gegangen, um zu schauen, ob seinem von ihm so geliebten Gartenzwerg nichts geschehen war, da entdeckte er ein Schild, das man vor seinem Liebling aufgestellt hatte. Er las:

"Bitte gönnen Sie seinem Besitzer doch diese kleine Freude. Bitte zerstören Sie ihm seinen Gartenzwerg und somit seinen kleinen Traum nicht, er ist doch schon alt und hat nicht viel, woran er sich erfreuen kann, - während der ihm noch verbleibenden wenigen Lebensjahre". Gelegentlich sah man Menschen, auch junge Menschen, nachdenklich am Vorgarten stehen.

Einmal hat sogar ein lieber Fremder
Blumen an den Gartenzwerg gelegt.

Gerhard Jobs

Braunschweig den 07.11.2013

Zorn

Zorn führt dich auf den Weg,
dich entschuldigen zu müssen,
denn Zorn nimmt dir die Zeit nachzudenken
und die Fähigkeit logisch zu handeln.

Du kannst nicht mehr einfühlsam
und verständnisvoll sein,
du kannst deinen Mitmenschen nicht mehr lieben.

Gerhard Jobs
Braunschweig den 12.05.2013

Zorn

Was bringt´s dir ein, voller Zorn zu sein?
Wohin kann Wut dich führen?
Worauf lässt du dich eventuell dann ein,
um voll Schadenfreude über den Anderen zu triumphieren?

Du sinnst auf Rache?
Möchtest es heim ihm zahlen?
Ja, das wär doch mal `ne gute Sache.
Bereite ihm doch möglichst viele Qualen.

Bist nun nicht mehr so leer, fühlst dich nicht mehr so hohl,
hast es ihm ja ordentlich gegeben.
Endlich fühlst du dich wieder wohl,
bis erfreut, kannst wieder leben.

Meinst du nun alles sei zu Ende?
Du hast gesiegt, alles ist vorbei?
Seine Rache kommt, er will des Schicksals Wende.
Er holt seine Freunde, einen, zwei oder sogar drei.

Der Hass, die Feindschaft muss zerrissen werden.
Verzeihen und Vergeben, das ist das Losungswort,
sonst gibt es nie Frieden hier auf Erden,
   – sonst verbleibt das Böse in uns immerfort.

Gerhard Jobs

Gedesby d. 25.08.2013

Zorn, Wut und Hass, führen nur zu Bösem,
oder sie zerfressen dir die Seele.

Versagen

Ein Versagen ist nur tragisch,

    wenn es Dir nicht Ansporn ist, besser zu werden.

Gerhard Jobs

Braunschweig den 07.11.2013

Jahresbilanz

(Neue Ziele für ein neues Jahr)

Schrecklich, schon wieder ist ein Jahr vergangen.
Viel begonnen, nichts vollendet.
Alles nur halbherzig angefangen,
kein Fehlverhalten zum Guten hin gewendet.

Ab jetzt stürze ich mich erneut in den Kampf.
Alles wird gut, alle Ziele werde ich erreichen.
Bin ungestüm, stehe voll unter Dampf
und hoffe, ich brauch am Jahresende nicht erbleichen.

Gerhard Jobs

(Gedesby d. 20.08.2013)

Leben und Tod

Der Tod kann auch der Anfang sein,

denn oftmals gibt der Tod

dem "Neuen" erst das Leben!

Gerhard Jobs

Braunschweig den 01.01.2014

Der Tod

Wann er kommt, weiß zum Glück keiner ganz genau,
doch dass er kommt, ist unumstritten.
Einige möchten durch diverse Mittel tricksen, sie meinen sie seien
schlau,
doch er kommt, da helfen keine Pillen und auch kein Bitten.

Er holt den Greis, den in der Lebens Mitte, selbst das kleine Kind.
Er kommt auf seine Weise, mal kommt er schnell, mal sehr gemach.
Finde dich damit ab, du änderst nichts daran. Nur, wer vorbeugt, der
gewinnt.
Dies kann die Folgen lindern. Denn nach dem Tod kommt das Danach.

Was kann man tun, wie sich vorbereiten während seiner Lebenszeit?
Sei gerecht zu jedermann und begegne deinem Nächsten stets mit
Liebe.
Dann bereitet jeder neue Zeitabschnitt nach dem Tode dir kein Leid.
Dann ist deine Zukunft, so hat der Herr es uns versichert, niemals trübe.

Gerhard Jobs

Gedesby d. 29.08.2013

Geborgenheit

Wo man Dich mit offenen Armen empfängt,
wo man Dir Liebe entgegenbringt,
wo man sich für Dich Zeit nimmt,
wo man Dir zuhört,
. . . da bist Du zu Hause.

Gerhard Jobs

Braunschweig den 01.05.2014

40

Zu Haus

Nicht wo du wohnst, bist du zu Haus.
Zu Hause bist du, wo dir Liebe widerfährt.
Nicht der Wohnort macht dir das Zuhause aus,
sondern wo einer den Anderen achtet und ihn ehrt.

Nicht das Äußere bestimmt dir dein Zuhause im Leben.
Liebe Menschen in deiner Nähe machen dir die Sache wert.
Vermag auch das Äußere dir viel zu geben,
ein wirkliches Zuhause ist dir, wo man dich liebt und dich begehrt.

Gerhard Jobs
Braunschweig d. 05.09.2013

Der missratene Kuchen

Ich muss mich beeilen, nicht einmal mehr zwei Stunden, dann wird meine Frau zurück sein, dachte ich bei mir. Eilig hatte ich Mehl, Eier, Butter ein wenig Milch und Hefe zusammen in eine größere Schüssel hineingetan. Nun wurde schnell alles gut verrührt und in die vorher gut eingefettete Form getan, sodass sie bis zur Hälfte gefüllt war. Den Ofen hatte ich schon leicht vorgewärmt, um den Kuchenteig gehen zu lassen. Ich hatte Glück, der Kuchenteig hatte sich bis an den oberen Rand der Form gehoben. Den Thermostat hatte ich dann auf 180-200 Grad gestellt, die Zeituhr auf 50 min, und so wurde der Kuchenteig seinem Schicksal überlassen. Irgendwie muss wohl doch die Einstellung nicht die richtige gewesen sein, denn schön ist er nicht geworden, ziemlich angebrannt und innen, wie sich später herausstellte, war er immer noch feucht und dies gerade heute. Es war doch unser achter Hochzeitstag und diesmal habe ich ihn sogar nicht vergessen, wie etliche Jahre davor. Gut hätte er doch werden sollen, auch hatte ich mir gewünscht, dass er gut schmecken möchte. Ich wollte meiner Frau Elisabeth eine Freude machen, ihr zeigen, dass auch Männer an etwas denken und Ungewöhnliches tun können. Dieses eine Mal sollte es kein Gutschein sein, nein, ich wollte etwas Persönliches machen. Klugerweise, da mir das allein mit dem Kuchen für etwas zu wenig erschien, hatte ich noch Kinokarten besorgt. So war es von mir geplant: Wenn sie so gegen vier Uhr wieder zuhause wäre, gab es den schönen, von mir selbst gemachten Kuchen und später am Abend könnten wir dann noch gemeinsam ins Kino gehen. Nun stand er vor mir, der Kuchen, in der Mitte eingefallen, am äußeren Rand leicht angebrannt. Gerade in diesem Augenblick betrat meine Frau die Küche, wie das Pech es wollte, war sie fast eine halbe Stunde früher zurückgekommen. Was machst du denn hier in der Küche? Ich habe schon im Flur so einen eigenartigen Geruch wahrgenommen. Hilflos sah ich sie an, aus der Küche drängen wollte und konnte ich sie nicht mehr, sie hatte den Kuchen, den ich aus der Form genommen hatte, schon erblickt.

Natürlich hatte ich vor, ihn als eine meiner Rettungsmaßnahmen noch mit Schokolade überziehen zu wollen, die ich vorher in einer kleinen Schüssel erwärmt hatte. Nun war alles zu spät. Ich ließ meine Schultern herunterfallen, senkte meinen Blick und ging stumm an ihr vorbei aus der Küche heraus.

Doch konnte ich noch im Vorbeigehen einen kurzen Augenblick in ihre Augen schauen. Sie hatte die Situation begriffen. Ich konnte in ihren Augen lesen, so, als hätte sie zu mir sagen wollen:

"In einigen Fällen zählt schon die gute Absicht, der Versuch, auch wenn selbst das Ergebnis zu wünschen übrig lässt.

Schatz, ich liebe dich".

Gerhard Jobs

Braunschweig d. 07.02.2014

Wer die Zukunft meistern will . . .

muss von der Vergangenheit lernen,

für "Neues" offen sein

und sich Zeit für Inspiration einräumen.

Gerhard Jobs
Braunschweig den 27.02.2014

Ein neues Jahr

Schon wieder ist ein Jahr vergangen
und meine Ziele, - habe ich sie erreicht?
Freundlich sein, für Arme spenden, mehr Geduld erlangen?
Ich wollt ja gut sein, hab´s nicht getan, man vergisst ja auch so leicht.

Raff dich auf, arbeite erneut an deinen Zielen.
Ein neues Jahr liegt vor dir, es gibt dir wieder neue Zeit.
Vielleicht kannst du dich dann wieder viel besser fühlen.
Fang nur an, sei zum Tun wirklich auch bereit.

Geh nicht ziellos durch das Leben,
gib dem Leben einen Sinn.
Es ist schon gut, mutig nach Edlerem zu streben,
nach einem reinen Herzen, nicht etwa gierig nach Gewinn.

Wenn du dich und andere kannst erheben,
ist das der rechte Weg, – ja so beginn.
Wenn dann deine Hand sich öffnet, um zu geben,
deine Gedanken sich um das Wohl des Nächsten stets bewegen,

 – dann öffnest du die Tür, um einst bei Gott zu leben.
Jetzt und in Zukunft erwartet dich dann Gottes reicher Segen.

Gerhard Jobs

(Gedesby d. 20.08.2013)

Tod und Auferstehung

Der Tod ist so endgültig,
    . . . aber nur für Menschen ohne Glauben.

Die Auferstehung ist reale Hoffnung und Erwartung,
    . . . aber nur für Menschen mit Glauben.

Gerhard Jobs
Braunschweig den 17.02.2014

Es gilt zu bedenken . . . . !

Der Alte liegt im Sterben,
Trauer heuchelten sie ihm vor.
Heimlich jubeln schon die Erben,
er glaubte ihnen, der alte Tor.

Zart streichelten sie ihm die rechte und auch die linke Wange
und sagten ihm: "Bitte, werd uns bald wieder schnell gesund".
Heimlich dachten sie, hoffentlich lebt er nicht mehr so lange,
doch nur Mitleidssprüche verließen ihren Mund.

Jedoch ist zu bedenken, jeder Gedanke formt dein Ich.
Die Summe deiner Taten und Gedanken bestimmen, wer du bist.
Dagegen ist der materielle Gewinn einfach lächerlich.
Bist du nun der kühle Materialist? Oder doch mehr der gütige Christ?

Einer allerdings, Gott, der die Herzen kennt, der weiß,
dein Besitz wird dich nur für die kurze Erdenzeit begleiten.
Danach könnte es dir unangenehm werden und sehr heiß,
darum bedenke alles gut und handle gerecht und dies beizeiten.

 . . . . schön und gut ist zu wissen, dass der Tag kommt, da alles
richtigstellt und bewertet wird.

Klug ist, wer über das "Heute" hinausblickt.

Gerhard Jobs

Braunschweig d. 8.10.2013

Geld

Geld, welch künstliches Gebilde!

Es hat keinen wirklichen Wert, – nur solange, wie die Menschen daran glauben und dafür eine Gegenleistung erhalten.

Jede Geldentwertung kann seinen Wert schmälern und ihn letztlich zu null werden lassen.

Schenke ihm kein großes Vertrauen.
Schaffe dir andere Werte,
so bleibt dir vielleicht eine große Enttäuschung erspart.

Gerhard Jobs
Braunschweig den 02.05.2014

Eine Welt ohne Geld!

Ich lag wach in meinem Bett und dachte über einiges nach, über das, was sich so am Tage ereignet hatte, als mir Folgendes in den Sinn kam: "Ist eigentlich das Geld, dem wir so viel Wert beimessen, wirklich so wichtig?" Ihm wird ja nur so lange seine Kaufkraft zugeordnet, wie sich tatsächlich dafür etwas erwerben lässt. Denn jeder glaubt und hofft, dass auch der Nächste ihm ebenfalls für sein Geld etwas verkaufen oder überlassen wird.

Wenn es nun ab morgen kein Geld mehr gäbe, jeder aber weiterhin zur Arbeit gehen, oder seine sonstigen Tätigkeiten pflichtbewusst weiterhin ausüben würde, wie z. B. alles zu erstellen, fördern, ernten, und so weiter, – dann wäre doch weiterhin immer noch alles da. Alle Dienstleistungen müssten weiterhin aufrechterhalten werden, jede notwendige Betreuung geleistet werden, was würde uns fehlen?

Wenn ich zum Beispiel zum Bäcker ginge, und mir genau wie immer meine zwei Frühstücksbrötchen holen würde. Der Bäcker wiederum, wie immer sein Mehl von der Mühle holen könnte, er sein Auto von der Werkstatt repariert bekäme, und so weiter, – alles ohne Geld, es gäbe keinen Unterschied. Irgendwie ein interessanter Gedanke.

Dies bedarf allerdings eines weltweiten Systems und die Verhaltensweisen, die Gewohnheiten, die Lebensansprüche usw. dürften sich nicht sprunghaft ändern. Gier und Übervorteilung dürfen dann nicht sein – jeder nimmt nur freiwillig das, was von ihm benötigt wird.

Nur angepasste Veränderungen dürften vorgenommen werden. Keiner dürfte nur seinen Vorteil suchen, die Gutmütigkeit anderer Menschen darf nicht ausgenutzt werden. Die Gedanken der Menschen müssten dann vom "Ich" zum "Wir" gelenkt werden. Nicht, ich arbeite mehr, damit ich mehr erhalte, reicher bin. Natürlich auch nicht, ich versuche mich auf Kosten anderer zu schonen, ich möchte etwas erfinden, damit mein Name allen bekannt ist. Nein, ich arbeite für "uns".

Keiner sollte ungerecht entlohnt werde, keiner müsste "Harz 4" Empfänger sein, keiner ein "Aufstocker", keiner verrichtete einen " 1 Euro Job". Ein Auto wäre kein Statussymbol mehr, sondern ein effektives, zweckmäßiges Fortbewegungsmittel. Der Wettbewerb würde nicht dazu dienen, dass ein Hersteller ein besseres Produkt habe als der andere, sodass einer siege und einer verliere, der eine Hersteller dann Pleite machen müsste.

Die Mitarbeiter des unterlegenen Herstellers zu entlassen wären, sondern ein Hersteller (ohne Konkurrenz) müsste das Bestmögliche produzieren für den späteren Besitzer, zu seinem Vorteil. Ein weiteres Ziel könnte z. B. sein, sich um ein neues, besseres System der Fortbewegung zu bemühen. Das müsste seine Motivation sein, nämlich das Beste zu produzieren, für den Benutzer des von ihm erstellten Produkts.

Es würde also daran gearbeitet werden ein besseres Produkt, besseren Service, genügend und gesündere Früchte, wirkungsvollere Medizin, höherwertige Wohnqualität usw. zum Wohle aller zu erzeugen. Jeder müsste sich wirklich engagieren mit seinen ganzen Möglichkeiten einbringen.

Der Lohn, die Anerkennung wäre, das beste Produkt, den besten Service, den noch größeren Ertrag bewerkstelligt, zustande gebracht zu haben.

Das Mehrhaben, Reicherwerden, würde allerdings nur mit der erreichten Steigerung mitwachsen dürfen.

Das ist allerdings eine große Herausforderung an den Charakter jedes Einzelnen. Er müsste bereit sein nicht x - fach mehr als ein anderer haben zu wollen.

Könnten Menschen zu so etwas je überzeugt, bewegt werden?

Geld ist doch nur bedrucktes Papier ohne wirklichen Wert. Nur der Glaube und die in diesem jetzigen System gemachte Erfahrung gaukeln mir seinen scheinbaren Wert vor.

Gäbe es kein Geld, brauchte nicht damit spekuliert zu werden, weniger Zeit würde für Gier, mehr für Sinnvolles zur Verfügung stehen.

Warum kann ich nicht an die Bereitschaft eines jeden glauben, dass er sich zum Wohle seines Nächsten freiwillig, aus Liebe zu ihm, zu Änderungen bereit erklärt? Dass die Mehrheit der Menschen sich für ein gerechteres und weniger egoistisches Miteinander einsetzen könnte? Ist das mit uns Menschen möglich? Hier bleibt ein großes Fragezeichen.

Ich musste wohl doch letztlich darüber eingeschlafen sein, denn ich habe tatsächlich für meine Brötchen nichts bezahlen brauchen, die Verkäuferin war überaus freundlich, – ich hatte überhaupt kein Portemonnaie.

Doch als ich später, nachdem ich aufgestanden war, mich anzog und in meine Hosentasche fasste, war es wieder da. Alles wohl nur ein Traum.

Gerhard Jobs

Braunschweig d. 12.12.2013

Vom ungehalten sein.
(Teil I)

Steine werfen sollte überhaupt keiner und wenn dann nur,
auf Menschen von gläserner Statur,
sonst könnte dein nächster Wurf dein letzter sein,
bitte, stell das Werfen lieber ein.

Wir sind doch aus Fleisch, Gebein und Blut
und kommen leider viel zu leicht in Wut.
Wir sind nun einmal nicht aus sprödem Glas
bitter für den, der den Anderen unterschätzte, und der das vergaß.

Gerhard Jobs

Braunschweig d. 10.12.2013

Vom ungehalten sein.
(Teil II)

Die Schimpfworte sind mit den Namen großer Tiere angefüllt,
man sagt sich die "ganze Wahrheit" unverhüllt.
Noch lange ist die innere Wut nicht recht gestillt,
noch schweigt man nicht, noch wird gebrüllt.

Ein Aufschrei, Teller fliegen, Glas zerspringt,
hier bestimmt nicht von sieben Jahre Glück man singt.
Allmählich, der Adrenalinspiegel nun sinkt,
erschöpft nach Atemluft man ringt.

Man sieht sich an, schüttelt verständnislos den Kopf,
wer bist du Mensch, du armer Tropf.
Wie konnte solches mir passieren,
wo sind sie geblieben, die viel gepriesenen "guten Manieren"?

Denk´vorher nach, schlag nicht gleich drein.
Die Luft, die mag wohl scheinbar klarer sein,
doch gibt es vieles, wenn noch möglich, zu verzeihen.
Was hat's gebracht? – eventuell ist alles aus und du allein.

Gerhard Jobs

Braunschweig d. 10.12.2013

Kleinigkeiten

Wer das Kleine schätzen gelernt hat,

den wird das Große nicht überwältigen.

Gerhard Jobs

Braunschweig den 02.05.2014

Schöne Kleinigkeiten

Ich genieße mein Leben, was auch immer kommen mag,
liegt die Zeit meiner Jugend auch schon eine Weile zurück.
Das Leben ist schön, ich bin gespannt auf jeden neuen Tag.
Was wird er mir bringen, doch keinen Kummer,
   – nein, ich glaube an das mir verheißene Glück.

Wenn du tust, was du kannst, mehr kannst du doch gar nicht machen,
dann lehn dich auch mal zurück, ohne wirklich träge zu sein.
So bist du sorglos und kannst selbst über Ungereimtheiten lachen
und bist bereit, dem Schicksal manchen Schabernack zu verzeih`n.

Nicht alles kannst du selber bestimmen, nicht alles ist in deiner Hand.
Für einiges im Leben brauchst du den Anderen oder die Hilfe des
Herrn.
Sei auch du ein Mensch, an den man sich in Not gerne wendet;
dann bist du nie einsam, und man grüßt dich schon von fern.

Das Schönste für mich ist es, bei meinen Lieben, bei meiner Familie zu
sein.
Da ist ein jeder willkommen, die Tür steht selbst für Fremde weit offen.
Bei ihnen fühlt jeder Zuneigung, da kannst du ungezwungen "du selbst"
nun sein.
Hier fühlst du das, was andere sich sehnsüchtig erhoffen,

   – einfach nur geliebt und beachtet zu sein.

Gerhard Jobs

Braunschweig d. 25.03.2014

Liebe

Liebe ist mehr als nur der äußerliche Schein,
als Blumen, schön gesetzte Worte, das goldene
Geschmeide.
Wenn du in Not bist, einsam und allein,
du der Norm der Allgemeinheit nicht entsprichst
und es dann jemand gibt, der dennoch deine Nähe
sucht,
– das ist Liebe, die aus seinem Herzen zu dir spricht.

Gerhard Jobs

Braunschweig den 02.05.2014

Nun war es Liebe!

(Ein ganz normales Leben)

Wir waren noch sehr jung, sehr verliebt, umarmten uns oft, sahen uns tief in die Augen, liefen ein Stück des Weges uns an den Händen haltend. Dann blieben wir stehen, sahen uns wiederum an und küssten uns. Hörten gemeinsam Musik, gingen ins Kino, fühlten einander sehr nah. Ja, wir waren unendlich verliebt.

Es wurde mehr daraus. Gemeinsame Urlaube, wir halfen einander jeweils bei unserer beruflichen Entwicklung, schmiedeten Pläne, trafen uns mit anderen befreundeten Paaren, gingen gemeinsamen tanzen, feierten gelegentlich bis zum frühen Morgen. Silvester wurden Raketen abgefeuert und das neue Jahr wurde feucht fröhlich begrüßt.

Wir verließen nun öfters das Zuhause unserer Eltern, – wir wollten miteinander allein sein. Wir genossen unser Jungsein. Außer unser beider Zusammenleben bedeutete die Welt für uns nicht viel.

Vor dem Standesbeamten sagten wir ja, somit hatten wir uns einander versprochen, – für die guten und für die schlechten Tage.

Dann die erste kleine gemeinsame Wohnung.

Nicht viel später blickte meine Frau mich an und sagte: "Wir sind nicht mehr lange allein!"

Ein kleines Mädchen hatte dann das Licht der Welt erblickt. Sie weinte fiel, also trösten, auf den Arm nehmen, nachts aufstehen, die Kleine stillen, Schlaflieder singen, das erste Lächeln erleben, die Windeln wechseln, sie krabbeln sehen, die ersten Gehversuche, die ersten Worte von ihr hören, Türen öffnen und schließen, den Schrank ausräumen, Schlüssel sind etwas Faszinierendes und, und, und . . . all das erlebten wir mit ihr! Ja, das war ein Teil unseres neuen Lebens. Nach dem dritten Kind war vieles schon Routine und alles ging viel besser.

Die Zeit verging. Die eigene berufliche Entwicklung, sich am gesellschaftlichen Leben beteiligen, die Kinder auf ihr zukünftiges

Leben vorbereiten, sich dabei auf eine gemeinsame Erziehungsstrategie einigen, war nun angesagt.

Das gemeinsame Leben wurde allmählich ruhiger, die Abstände der Treffen mit Freunden wurden größer, die miteinander gesprochenen Worte wurden nach und nach immer weniger, aber dafür ist von uns das Fernsehen und der Computer entdeckt worden. Die Kinder blieben länger aus und der Zeitpunkt, wo sie uns mitteilen würden, dass sie uns verlassen würden, rückte immer näher. Der Schulabschluss wurde in einem Fall nicht geschafft, im anderen begann ein Studiengang.

Vieles geschah noch, Krankheiten forderten gelegentlich ihren Tribut, einige Arbeitsplatzwechsel und zwei Umzüge waren auch einschneidende Erlebnisse. Ein, zwei Mal war unsere Ehe in Gefahr, doch wir fanden immer wieder zusammen. Einiges, wie Kriege oder große Naturkatastrophen sind zum Glück an uns vorübergegangen. Irgendwie, ich weiß nicht einmal mehr wie es begann, kam es über uns, nach dem Sinn des Erdenlebens zu fragen. Wir erhielten eine Antwort. War dieses alles reiner Zufall? Unser aller Herr und sein Sohn, der Erlöser, bedeuteten uns von nun an sehr viel.

Unsere Zukunft stand jetzt nicht mehr unter den Worten "Bis dass der Tod euch scheidet", sondern nun "Für Zeit und alle Ewigkeit", wir waren ein Ehepaar für immer und hatten eine für ewig bestehende Familie.

Jahre später, wir gingen jeweils mit unserem Rollator nebeneinander, wir unterhielten uns über unser Leben. Zwischendurch hielten wir an, schauten zueinander hin. Immer noch war dieser gewisse Glanz in unseren Augen, den, der nur bei sich liebenden Menschen zu finden ist. Doch jetzt mit viel mehr Verstehen, mit einem mehr Voneinander-wissen, mit einem erweiterten Zukunftsbild.

Wenn unsere Hände sich berührten, die schon faltig und rau waren, dann spürte man das Leben, das Auf und Ab der Zeit, die Jahre. Was so stürmisch begonnen hatte, dann vom Alltag eingeholt wurde und uns letztlich die Gelegenheit gab, die wirklichen Werte im Partner zu finden, das war der wirkliche Gewinn, der Segen in unserem Leben.

Ja, was so stürmisch begann, einst Verliebtsein war, – das war nun Liebe.

Gerhard Jobs

Braunschweig d. 12.01.2014

Fazit:
Einiges hätte nicht sein brauchen, da selbst verschuldet. Aufgrund der freien Entscheidung, die dem Einzelnen zugestanden werden muss, war gelegentlich einiges auszuhalten. Hin und wieder musste, das ist nun einmal so, die Art und Weise des Anderen ertragen werden.
Im Leben der Menschen, in einer Gemeinschaft, gibt es immer etwas zu ertragen.
Liebe ist, das große Ganze zu sehen, die Notwendigkeit zu erkennen Entwicklung zuzulassen und dies bei sich und bei anderen Menschen. Dem eigenen Leben einen Sinn zu geben und den Einzelnen zu nehmen, wie er ist.
Du kannst eine Hilfe sein, aber ändern kann sich nun jeder selbst.
Glücklich ist der, der einer übergeordnete Kraft, unseren Gott und Schöpfer gestattet in sein Leben zu treten.

Ich liebe Dich!

Zu oft gesagt und viel zu oft gebrochen,
       zu oft hat man sich halt nur versprochen.

Liebe muss beide Herzen tief berühren, einander müssen sie die guten Taten deutlich spüren.

Dann ist ihre Zukunft sicher und sie werden einander nicht verlieren.

Gerhard Jobs

Braunschweig den 02.05.2014

Liebe
(ohne sie verliert das Leben seinen Wert)

Liebe ist Dienen, ohne Lohn zu erwarten,
ist ein Geben, das selbstlos ist.
Liebe kann man nicht verordnen,
sie ist Handeln, wobei man sich selbst dabei vergisst.

Liebe ist nicht käuflich, sie muss dir geschenkt werden,
sie ist also mehr, als dass nur ein roter Mund dich küsst.
Liebe hat Hände, die zupacken, aber auch tröstend dich
umarmen,
Liebe bedeutet zu jemandem zu halten, der von allen verlassen ist.

Liebe ist sich zu kennen und wirklich zu verstehen,
ohne auch nur ein Wort zu sagen.
Liebe ist gemeinsam einen Schicksalsweg zu gehen,
ohne zu lamentieren, zu jammern und zu klagen.

Gerhard Jobs
Braunschweig d. 23.02.2014

... wieder ein Jahr älter!

Dass man ein Jahr älter geworden ist sagt nicht viel,
wie man das Jahr verbracht hat,
was man hat bewegen können,
das gab ihm und Dir seinen Wert.

Gerhard Jobs
Braunschweig den 02.05.2014

Ein Dank an unser Geburtstagskind

Viele Menschen habe ich kennengelernt und konnte somit viel erleben,
etliche Strecken bin ich mit ihnen gegangen, wenig konnten sie mir
geben.
Zu sehr waren sie allein auf sich fixiert, – und dann kamst Du.

Stets höflich, immer freundlich, anders kannst Du gar nicht sein,
so kennt man Dich, so erlebt man Dich, tagaus, tagein.
Es ist sehr angenehm in Deiner Nähe zu verweilen.

Von Deinen Enkeln wirst Du besonders geschätzt und verehrt,
diese feinen Seelen erkannten schnell an Dir das Gute, Deinen Wert.
Für sie bist Du ein Ort der Geborgenheit.

Ute, in diesem Jahre bist Du nun 70 Jahre alt geworden,
dies ohne Staatsbankett und viele Orden.
Dies muss ja auch nicht sein, bei Dir da zählen andere Werte.

Doch in meinem kleinen Büchlein da stehst Du mitten drin,
da wird berichtet von deinen Taten, von dem, was Dir gab des Lebens
Sinn.
Immer war es dein Bestreben nicht zu ruh´n, einfach Gutes nur zu tun.

Hinter alldem steht ein fester Glaube an den Herrn,
den Nächsten lieben, ihm helfen, ihm Mut machen, das tust Du gern.
All dies macht Dich so liebenswert,
                        – und dies bestimmt auch in den Augen uns´res Herrn.

Gerhard Jobs

Braunschweig d. 20.03.2014

Freiheit

Die Freiheit hat viele Gesichter,
denn wer ist schon wirklich frei?
Die Freiheit hat Ankläger, Verteidiger und Richter,
was der eine benötigt, ist dem anderen einerlei.

Jemand wünscht Freiheit in fast allen Dingen,
frei von jedem Zwang der Gesellschaft, von jeglicher Moral.
Von ihm wird jedes Verhalten gebilligt,
nur ihn darf nichts unangenehm berühren, das wäre fatal.

Freiheit wünschen sich die Kinder, keinen Schulzwang.
Freiheit auch für Autofahrer, Radfahrer, Inlineskater, jeder braucht
doch seine Bahn.
Freiheit bei der Berufswahl, bitte genügend Arbeitsplätze, setzt alles
schnell in Gang.
Freies Wohnen für alle, ohne Mietzwang, kostenloser Urlaub gehören
ebenfalls zum Plan.

Freie Meinungsäußerung, ob es den anderen verletzt, das ist mir doch
so egal.
Freiheit für Tiere und auch die Pflanzen sind zu schonen.
Freiheit für alle, niemand sei bedrückt, alle nur fröhlich, keiner leide
eine Qual.
Freiheit ist das Größte, ja, das Leben soll sich wieder lohnen.

Ja, bedenken wir, Freiheit ist wirklich ein lohnendes Ziel,
auch erreichbar, wenn von Toleranz und Respekt getragen.
Vieles ist zu erwägen, Kompromisse zu schließen mit viel Feingefühl.
Ein bisschen mehr wir, weniger ich, dem Egoismus ist zu entsagen.

Denn Streit, Hass, Neid, Gewinndenken sind dann nicht mehr das Ziel.
Man ist mitfühlend, einander tatsächlich nun sehr wohl gesonnen,
übt Mitmenschlichkeit, vielleicht ist sogar Liebe mit im Spiel,
so haben, da bin ich mir sicher, alle gesiegt, – alle gewonnen.

Gerhard Jobs

Braunschweig den 26.02.2014

Gottes Liebe ist grenzenlos

Mit der Geburt des einen Kindes
hat Gott mehr bewirkt,
als alle Mächtigen der Welt.

Gerhard Jobs
Braunschweig den 13.12.2013

Christus unser Erretter

Ein Kind ist uns geboren,
der Heiland kam zur Welt.
Sonst wären wir verloren,
das Dunkel hat er für uns erhellt.

Im Garten Getsemani hat er für uns gelitten,
für unsere Sünden hat er bezahlt,
uns befreit, dies ist unbestritten,
ein hoffnungsvolles Lebensbild hat er für uns gemalt.

Die Schuld hat er von uns genommen,
weil er uns so sehr geliebt.
Als Erretter ist er zur Erd´ gekommen,
unser Fürsprecher vor dem Vater, damit dieser uns vergibt.

Am Kreuz hat der Heiland seine Mission,
sein Werk der Liebe für uns beendet.
Er vollbrachte, damit unser ist der Lohn,
somit hat er unseren Lebensweg zum Guten hin gewendet.

Wenn auch wir unseren Heiland, von Herzen lieben,
ihm wirklich dankbar wollen sein,
sollten wir Nächstenliebe üben,
sehr großzügig dem Nächsten seine Fehler auch verzeihen.

Gerhard Jobs

Braunschweig den 27.02.2014

Worte eines Gefangenen!

Noch ein Bier und ein Korn bitte, "einer geht noch", sagte der Gast zum Wirt. Stumm schaute er nachdenklich den Gast an und füllte die beiden Gläser. Der Gast zündete sich eine Zigarette an, nahm einen tiefen Zug, griff nach dem Schnapsglas und stürzte den ganzen Inhalt des Glases der mit Korn war gefüllt hinunter, schüttelte sich leicht, griff zu dem Bierglas und nahm einen kräftigen Schluck. Es folgten zwei tiefe Züge an seiner Zigarette. Nun geht es mir besser, meine Hände werden langsam ruhiger, auch innerlich kehrt Zufriedenheit bei mir ein. Ja, was für ein Leben ist das, sagte der Gast zum Wirt, bei mir geht ohne Tabak und Alkohol nichts mehr. Ohne die Antwort des Wirtes abzuwarten, stand er auf und ging zu einem Spielautomaten, in den er einige Münzen einwarf. Es folgten einige Gänge von der Bar zum Spielautomaten.

An der Bar gab es für ihn Alkohol, am Spielautomaten wartete er, der Gast, vergeblich auf den großen Gewinn.

Nach und nach wurden seine Stimme immer undeutlicher und sein Gang immer unsicherer. Nur mühsam konnte man ihn verstehen, als er sagte: "Mein Vater war ein Kriegsgefangener und dieses noch für einige Jahre bis nach dem Ende des Zweiten Weltkrieges. Endlich wurde er freigelassen.

Ich bin ein Gefangener meiner Schwächen, meiner Laster und Begierden. Ich weiß nicht, wann ich mich endlich befreien kann. Bitte helfen Sie mir. Wie soll ich das tun, sagte der Wirt und fuhr fort, jeder muss schon sein Leben selbst in die Hand nehmen. Na, wie sie meinen grummelte der Gast, zahlte den Rest des zu zahlenden Betrages. Der Wirt hatte aus Erfahrung sicherheitshalber schon zwischendurch den Gast das Verzehrte bezahlen lassen. Der Gast trat schwankend aus dem Lokal, warf die gerade erst vor kurzem angezündete Zigarette auf den Boden und zertrat sie.

Warum schaffe ich es nicht, von dem widerlichen Zeug loszukommen, murmelte er. Er begann sich selbst zu bedauern, Tränen liefen ihm über sein Gesicht und er war in dem Wechsel zwischen Selbstmitleid und seiner Sucht gefangen.

Wohl dem, der einen Freund an seiner Seite hat, der einem die Wahrheit sagt, der selbst frei ist, kein Gefangener seiner Begierden, der Herr ist über Versuchungen, die an ihn herangetragen werden, der nicht gefesselt ist. Der aber auch klug genug ist, einem das Leid erleben zu lassen, das notwendig ist, um die Kraft aufzubringen, den so sehr gewünschten Kampf erfolgreich zu kämpfen. Der einem ein Freund ist, der einem hilft, sich selbst nicht aufzugeben.

Wie klug ist doch unser Schöpfer, der uns kennt und weiß, was für uns gut ist. Folgender Rat, der schon in der Heiligen Schrift steht, kann uns helfen rechtzeitig, schon vorher, richtige Entscheidung zu treffen.

Gerhard Jobs

Braunschweig d. 06.02.2014

1. Petrus 4:2
2. Darum richtet euch, solange ihr noch auf Erden lebt, nicht mehr nach den menschlichen Begierden, sondern nach dem Willen Gottes!

Epheser 5:18
18. Berauscht euch nicht mit Wein - das macht zügellos -, sondern laßt euch vom Geist erfüllen

Zu viele Kriege gibt es auf der Welt
(grausame Kriege in heißem Wüstensand)

Wo ist der Feind, schützend halte ich meine Hand vor meine Augen.
Ich sehe nichts, zu grell ist das Sonnenlicht.
Kein Schuss, dafür ein Biss, verzweifelt versuche ich das Schlangengift
aus meiner Wunde zu saugen.
Ich habe Angst, dass zu früh mein Lebensstern erlischt.

Auf geht's, sehr weit kann man die Staubfahnen unserer Panzer sehen,
der Lärm der Motoren ist schon von ferne gut zu hören.
Doch vorwärts, denn überraschend und schnell hat die Vernichtung des
Feindes zu geschehen.
Seine Soldaten sind zu töten und alle ihre Waffen zu zerstören.

Gnade, was ist das, jeder getötete Feind ist uns ein Segen.
Dein Schuss muss der Erste und muss ein sicherer Treffer sein.
Dann kann er nicht mehr schießen, dich bedrohen, sich nicht mehr
regen.
Da liegt er, der Soldat von des Feindes Truppe, zusammengekrümmt,
ganz allein.

Mir war so, als könnte ich in seinen gebrochenen Augen lesen,
ich kann nicht mehr zurück, Mutter, Frau, Kinder bleiben nun allein.
Was bist du, was seid ihr doch für grausame, wilde Wesen.
Was habe ich euch getan? Warum seid ihr so herzlos und gemein?

Die Sieger sind Helden, die Retter der Heimat, des gesamten Vaterlandes.
Mit Blumen werden sie empfangen, der Siegestaumel, der ist riesengroß.
Die Verlierer werden kaum beachtet, ihre Verstorbenen bleiben oft vergessen und sind unbekannt.
Kaum erwähnt man ihre Trauer, wie wirklich schwer doch auch ihr Los ist.

Krieg, muss das sein? Will der einfache Bürger Krieg? Seine Ruhe, für seine Familie Frieden.
Ihre Machtinteressen, ihre Gewinnsucht, ihre Gottlosigkeit, das steht den Kriegstreibern auf ihrem Gesicht geschrieben.
Nur dafür, für ihre eigennützigen Interessen haben sie die vielen Menschen in den Krieg, in den Tod getrieben.

Diese bösen Menschen, das sind die wirklichen Feinde!

Gerhard Jobs

Braunschweig d.11.03.2014

. . . nur den Augenblick?

Klug ist, wer nicht nur für den Augenblick lebt, sondern
auch das "Danach" nicht aus den Augen verliert,
zu leicht könnte man viel zu bereuen haben.

Gerhard Jobs
Braunschweig d. 03.05.2014

Und was kommt danach?

Wenn du den Todesschmerz durchlitten,
dein ganzes Leben noch einmal an dir vorüberzieht,
du auf einer Straße hellsten Lichts
am Ende des Weges dem herrlichsten Wesen dann begegnest,
 – was wirst du ihm sagen,
wenn er nach deiner Erdenmission dich fragt?

Willst du ihm von deinem Reichtum,
von dem von dir erworbenen Besitz,
deiner Stellung in der Gesellschaft,
von deiner Beliebtheit bei den Menschen berichten?
 – war das der Grund, seine Absicht,
warum er auf die Erde dich geschickt?

Warst du nicht nur Verwalter?
Welches war denn dein Besitz?
Mit wessen Pfunden hast du gewuchert?
War nicht schon alles da, alles sein Besitz?
 – nun, gibt Bericht, was du mit dem Meinen hast getan?
Hast du es benutzt, wie ich es dir empfohlen habe?

Klug ist, wer alles anwendet, wie der Meister es geboten.
Gäb´s dann Armut, Stolz, Lieblosigkeit und Egoismus?
Lies doch in den Schriften, den Geboten,
frag ihn im Gebet, was er von dir sich wirklich wünscht.
 – hättest du das getan,
dann wäre dein Erdenleben nicht vergebens und du hörtest,
als dein Lohn: "Komm heim zu mir mein lieber Sohn".

Gerhard Jobs

Braunschweig d. 25.04.2014

. . . es ist passiert!

Wer ist schon Herr jeder Situation?
Wem kann nichts misslingen?
. . . darum sei großzügig,
zu schnell könnte auch dir
dein nächstes Tun misslingen.

Gerhard Jobs

Braunschweig d. 03.05.2014

Das Missgeschick
(Verzeihen und Vergeben kann viel bedeuten)

Ich erinnere mich noch ganz genau, es war einer der schönen Abende, ich saß dicht neben Opa und so wie er es immer zu tun pflegte, fragte er mich: "Hattest Du einen schönen Tag?
Gibt es etwas, was Dich bewegt?" Er pflegte dann seine Hand auf meine Schulter zu legen oder mir über meinen Kopf zu streichen. Für gewöhnlich dachte ich einen Augenblick nach und sagte zu ihm: "Es gibt nichts Besonderes, nichts was ich berichten könnte, ein ganz normaler Tag halt. Er lächelte und begann zu erzählen: " Nichts zu berichten? Was für ein langweiliges Leben! Jeden Tag gibt es etwas zu berichten und wenn es nur das ist, dass du dich schlecht fühlst, weil du nichts bewegt hast. Solche scheinbaren "Ruhetage" können die Stille vor dem Sturm sein, vor dem was sich dann Großes ereignet.
Ich will dir von solch einem Tag erzählen. Ich war gerade einmal 4 oder 5 Jahre älter als du. Den ganzen Tag schlich ich mehr oder weniger wie Falschgeld herum, ich hatte nichts tun, zu nichts Lust, meine Hauptaufgabe bestand darin nicht Mutter zu begegnen, sie hätte mir vielleicht noch eine Arbeit aufgedrückt. Gegen Abend schlich ich mich aus dem Hause, denn es war die Zeit, da mein Vater von der Arbeit nach Hause kam. Und er fragte immer Mutter, ob alle Kinder artig waren und uns, meinen älteren Bruder, meine ältere Schwester und letztlich mich, ob wir unsere Schularbeiten erledigt hatten. Auch bot er sich immer an, ob er etwas für uns tun könne, so war er, mein Vater, dein Urgroßvater, er tat viel für uns Kinder.
Ich schlich mich aus unserem Haus, startete mein Kleinkraftrad und fuhr durch unseren Ort.
Vor unserem einzigen Kino traf ich einige Schüler aus meiner Klasse und bot an, dass einer mit mir auf mein Gefährt steigen kann. Fast alle waren begeistert, denn nicht jeder hatte so ein flottes Teil.

Ich bevorzugte Karin, eine Schülerin meiner Klasse, die ich recht gerne mochte, doch dies wusste sie nicht und zu sagen hatte ich es mich noch nicht getraut, – vielleicht ahnte sie es ja.

Wir winkten den Zurückgebliebenen kurz zu und auf ging´s.

Zuerst fuhren wir durch unsere kleine Stadt zu verschiedenen interessanten Punkten für junge Leute. Da ich wusste, dass ich noch einiges Geld in meinem Portemonnaie hatte, lud ich Karin zu einem Eis ein. Für etwa eine gute halbe Stunde blieben wir im Eiscafé. Doch bald merkte ich, dass ich kaum noch etwas fand, was ich ihr hätte erzählen können. Und auch sie war es wohl nicht gewohnt, mit einem jungen Mann länger alleine zusammen zu sein.

Ich fühlte mich unsicher und lud sie daraufhin schnell ein, noch eine kleine Tour mit meinem Kleinkraftrad also mit mir zu unternehmen, danach wollte ich sie an einem von ihr gewünschten Platz absetzen.

Wir fuhren aus dem Ort heraus, und dort auf freier Strecke wollte ich ihr mit der Höchstgeschwindigkeit, die etwa bei 50 kmh lag, zeigen, wie flott ich fahren konnte.

In einer doch recht scharfen Kurve hatte ich meine Fahrkünste überschätzt, mein Kleinkraftrad rutschte zur Seite weg und wir stürzten, indem wir über die Fahrbahn zur anderen Straßenseite hin rutschten.

Ich blieb mit meinem Fahrzeug im Graben liegen. Mir und meinem Fahrzeug war nichts weiter passiert, außer ein paar Schürfwunden bei mir und einige Kratzer am Lack der Maschine.

Karin hatte weniger Glück, sie rutschte unglücklicherweise in einen Stacheldrahtzaun und verletzte sich unterhalb ihres rechten Auges an der rechten Wange. Die Wunde blutete stark. Ich half ihr auf, und sie presste ihr Taschentuch fest auf die Wunde, um die Blutung zu stoppen. Was sollten wir tun? Ein weiteres Fahrzeug war nicht in der Nähe, unglücklicherweise hatte keiner ein Handy dabei. Somit blieb uns nichts weiter übrig, als bedächtig mit meinem Kleinkraftrad zu ihr nach Hause zu fahren und sie dort abzuliefern.

Wie ich später erfuhr,brachte ihr Vater sie zum Notarzt, wo die Wunde fachmännisch versorgt wurde.

Ich hatte ein schlechtes Gewissen und eine unruhige Nacht. Recht erschrocken war ich, als ich sie am nächsten Tag nicht in unserer Klasse antraf.

Meinen Eltern hatte ich noch nichts gesagt, alles war mir zu peinlich. Wie froh war ich, als ich sie am nächsten Tag wieder in der Schule traf. Ich hatte ihr von meinem Taschengeld schon gestern eine Tafel Schokolade gekauft. Ich nahm sie aus meiner Tasche, ging auf sie zu und sagt ihr, wie leid mir alles täte.

Mit gesenktem Blick überreichte ich ihr die Schokolade. Wortlos nahm sie sie an. Tage vergingen, und ich sah, dass auf ihrer Wange eine ca. 4 cm lange Narbe zurückgeblieben war.

Dies machte mich sehr betroffen, besonders als ich bemerkte, dass Schülerinnen aus anderen Klassen ihr zu verstehen gaben, dass sie bei den Jungen keine ernst zu nehmende Konkurrentin mehr sei.

An jedem Freitag brachte ich ihr immer eine Blume mit, denn ich dachte bei mir, wie schwer es ihr fallen müsse, wenn sie vielleicht einmal ausgehen oder sich mit jemanden treffen möchte.

In meiner jugendlichen Vorstellung, in der das Äußere besonders wichtig genommen wird, dachte ich mir, dass ein Leben lang diese Narbe ihr ein Handicap sein werde und dies, weil ich nicht vorsichtig genug gewesen war. Ich hätte ihr bestimmt noch viele Jahre lang jede Woche eine Blume gebracht, wenn sie nicht auf mich zugekommen wäre, mich angeschaut und gesagt hätte: "Ich weiß ja, dass Du das nicht gewollt hast und ich sehe, wie liebevoll Du mir jede Woche eine Blume geschenkt hast. Es gibt Dinge, die kann man nicht ungeschehen machen, doch ich muss lernen damit umzugehen. Ich möchte Dir sagen, dass ich Dir verziehen habe."Obwohl ich zu diesem Zeitpunkt immer noch sehr schüchtern war, ergriff ich ihre Hände, schaute sie kurz an, senkte meinen Blick und sagte fast flüsternd "Danke".

Eine große Belastung, das starke Schuldgefühl, war mir von der Seele genommen worden.

Karin, was für eine reife, großartige junge Dame.

Ich mochte sie, doch wir verloren uns aus den Augen, – ich glaube sie hätte deine Großmutter werden können.

Gerhard Jobs

Braunschweig d. 28.03.2014

77

Tränen

Wer sie nie vergossen, wer die Befreiung durch sie nie hat genossen, wem nie wurde dann weit das Herz, der verbleibt viel zu lange, ja viel zu lange in seinem Schmerz.
Tränen durch Leid oder auch durch Freude vergossen, bringen Befreiung, innere Ruhe, ob bei Jubel oder großer Not, sie sind nicht umsonst geflossen.

Gerhard Jobs
Braunschweig d. 03.05.2014

Tränen

Tränen sind Perlen der Seele,
sie spülen dir nach und nach die Sorgen heraus.
Ihre Wasserflecken auf dem Briefpapier zeigen dir,
wie sehr du dich nach Trost und Geborgenheit gesehnt.

Tränen sind die Perlen der Seele,
sie quellen dir auch aus den Augen, wenn du die Freude
nicht mehr zu halten vermagst.
Wenn du meinst, dein Herz würde dir sonst zerspringen.

Tränen sind die Perlen der Seele,
sie zeigen dir, dass du Mensch bist, zu tiefen Gefühlen
und Empfindungen fähig.

. . . . sei froh, wenn du noch Tränen vergießen kannst,
ihrer brauchst du dich nicht zu schämen.

Gerhard Jobs

Braunschweig d. 14.04.2014

Freundschaft

Freundschaft ist das Band, das Menschen fest miteinander verbindet, sodass man gemeinsam fast alles überwindet.

Nicht umsonst hat der Herr und Erlöser uns

seine Freunde genannt.

Gerhard Jobs

Braunschweig d. 03.05.2014

Johannes 15:
15. Ich nenne euch nicht mehr Knechte; denn der Knecht weiß nicht, was sein Herr tut. Vielmehr habe ich euch Freunde genannt; denn ich habe euch alles mitgeteilt, was ich von meinem Vater gehört habe.

Freunde, Freundschaft

Hast Du mit jemandem gelacht und geweint,
so kannst Du Freund ihn nennen.
Hat viel Schicksal euch vereint,
so werdet ihr vor jedermann zueinander euch bekennen.

Selbst wenn die Lebensumstände euch entzweien
und man euch verhöhnt, beleidigt, sogar arg bedrängt,
wird keiner die Freundschaft je bereuen,
viel zu sehr durch das Erlebte an dem Anderen man hängt.

Wenn dann jeder eine treue und liebe Frau gefunden
und jeder jeweils sich mit ihr für die Ewigkeit hat fest vereint.
Wird der beiden Freundschaft dadurch nicht überwunden,
haben nun vier Menschen viel gelacht und auch geweint.

Freundschaft schließt nie die Gefühle des Anderen einfach aus,
zu tief sind sie miteinander fest verbunden.
Viel zu sehr kennt jeder sich in der Gefühlswelt des Andern aus
und sicher haben sie auch in Zukunft dann vieles gemeinsam
überwunden.

Gerhard Jobs

Braunschweig d. 08.09.2013

Frühling

Der Winter hat seine Kraft verloren,
die Zeichen des neuen Lebens zeigen sich.
Die Natur scheint wie neu geboren,
bedeutet dies auch einen neuen Anfang für mich?

Gerhard Jobs
Braunschweig d. 03.05.2014

Frühling

Lauer werden schon die Lüfte,
frisches Grün und auch die ersten Blumen sprießen nun hervor.
Schon sind sie da, die Frühlingsdüfte,
die Vögel zwitschern so erwartungsvoll im Frühlingschor.

Die jungen Mütter fahren stolz ihre jungen Sprösslinge aus.
Das junge Leben soll auch die Schönheit dieser Welt jetzt sehen.
Selbst die alten Leute hält nichts mehr in ihrem Haus,
zu schön ist dieses neue Erwachen, keiner lässt sich dieses gern
entgehen.

Die Fenster werden blank geputzt,
die Winterkleidung in den Schrank gehängt.
Jede Gelegenheit zu einem Ausflug wird genutzt.
Trübe Gedanken werden jetzt verdrängt.

Ist es nicht schön dieses Spiel, jedes Jahr wieder neu.
Ja, auf die Natur, auf den Schöpfer ist Verlass,
denn seinen Prinzipien bleibt er immer treu.
Nicht eines seiner Geschöpfe er, der Herr je vergaß.

Der Frühling öffnet auch dir das Herz,
schon fühlst du dich viel gesünder, gestärkt und sehr erbaut.
Kleiner werden dir die Sorgen, befreit bist du von manchem Schmerz,
 – und dies, weil du ihm auf die Wiederkehr des Frühlings hast vertraut.

Gerhard Jobs

Braunschweig d. 03.04.2014

Das wertlose Spielzeug

"Wir bekommen eine neue größere Wohnung, kannst Du Dir das vorstellen? Auch wir haben endlich auch einmal Glück gehabt", sagte, Herbert ihr Ehemann, nachdem er die Haustür geöffnet hatte."Was hast du gesagt? Irgendetwas von einer Wohnung? Sag das bitte noch einmal und dieses Mal etwas deutlicher."

"Ja Schatz, auch wir haben endlich einmal Glück gehabt, wir haben die Zusage für eine neue Wohnung erhalten." Mittlerweile war Herbert vollständig in die Wohnung hereingekommen, hatte seine Jacke abgelegt und stand nun dicht vor Margarete, seiner Ehefrau.

"Ist das wirklich wahr Herbert? Das ist ja kaum zu glauben, wo doch Wohnungen so schwer zu bekommen sind." Wortlos nahm Herbert seine Margarethe, seine liebe Ehefrau, fest in seine Arme.

Eine Weile blieben sie wortlos nebeneinander stehen. Margarethe schaute ihren Mann immer noch fragend, sogar ein wenig zweifelnd an. "Heute ist doch nicht der 1. April? Du weißt, mit solchen Dingen scherzt man nicht, denn viel zu groß würde dann meine Enttäuschung sein." "Schatz, ich würde Dich nie enttäuschen wollen, wir haben wirklich ein echtes Angebot für eine neue Wohnung erhalten."

In den nächsten Tagen bestätigte sich das, was ihr Ehemann gesagt hat, die ortsansässige Wohnungsbaugesellschaft hatte ihnen schriftlich mitgeteilt, dass zum nächsten Monat, also in ca. drei Wochen eine Wohnung in der Heidelberger Straße von ihnen bezogen werden könnte.

Nun setzte bei der Familie Mitweiler ein reges Treiben ein. Vieles gab es zu bedenken, vom rechtzeitigen Kündigen ihrer jetzigen Wohnung, dem Mieten eines Autos für den Umzug, bis hin zu dem Besorgen der notwendigen Umzugskartons.

"Schatz, wir müssen daran denken, recht rasch einen Nachmieter zu finden, damit wir nicht zu lange zwei Mieten zahlen müssen", sagte Margarethe. Herbert nickte bestätigend mit dem Kopf, ohne seine Arbeit zu unterbrechen.

Weiteres gab es noch in den nächsten Tagen von ihnen zu bedenken. Die Zeit verging wie oft bei solchen Situationen viel zu schnell, Eile war geboten. Ein Großteil war endlich aus den Schränken schon in die Umzugskartons verstaut worden. Auch die Möbelteile, die sich gut zerlegen ließen, waren schon zum Abtransport bereitgestellt. Letztlich waren nur noch die Dinge, die bis zum Schluss benutzt wurden noch einzupacken, zusätzlich der Sachen, die von ihren beiden Kindern für die Schule gebraucht wurden und zusätzlich einiges Spielzeug.

Der älteste Sohn Tobias war mit seinen 13 Jahren schon eine große Hilfe, seine achtjährige Schwester konnte auch einige Kleinigkeiten für den Umzug, besonders was ihre eigenen Sachen betraf, einpacken bzw. bereitlegen. Natürlich ist so ein Umzug auch eine gute Gelegenheit, vieles auszusortieren und somit einen Großteil dessen, was man eigentlich kaum noch benutzte oder von dem man meint, das er keinen großen Wert mehr hat, gut entsorgen konnte.

Dies ist auch in reichlichem Maße bei der Familie Mitweiler geschehen. Am Tag des Umzugs hat alles gut funktioniert. Recht zügig wurde der Umzugswagen vollgeladen und ebenfalls schnell entleert. Vater hatte drauf geachtet, die Kartons richtig zu beschriften, sodass die richtigen Sachen in den richtigen Zimmern der neuen Wohnung ihren Platz fanden. Die wichtigsten Dinge waren aufgestellt bzw. wieder eingerichtet worden, sodass zumindest schon eine Schlafmöglichkeit für jeden da war und die notwendigen Hygieneartikel in der neuen Wohnung ihren richtigen Platz gefunden hatten. Nach dem Abendbrot, da alle auch recht müde waren, war man früher als gewöhnlich bereit, sich zum Schlafen niederzulegen.

Etwa nach gut zehn Minuten da sich alle auf ihre Zimmer verteilt hatten kam Sarah, zu ihrer Mutter gelaufen und sagte den Tränen nahe: " Ich kann meinen kleinen braunen Teddybären gar nicht finden, wisst ihr wo er geblieben sein kann? Ich weiß genau, ich hatte ihn in meinem Zimmer auf einen der Kartons gelegt, die zum Abholen bereitgestellt worden sind. Ich kann ihn gar nicht finden, wo mag er sein, ohne ihn kann ich nicht einschlafen". Sarah ergriff die Hand ihrer Mutter und bat sie ihr zu helfen, doch unbedingt den Bären zu finden.

"Ich bin so traurig Mama, ich habe meinen kleinen Bären doch so lieb. Ich habe ihn doch zur Einschulung bekommen, er sieht so süß aus." Mutter begleitete Sarah in ihr Zimmer. Plötzlich wurde ihr ganz deutlich klar, sie hatte den Bären der schon über drei Jahre alt war und auch schon recht mitgenommen aussah, einfach entsorgt. Viele Gedanken bewegten sich im Kopf von Margarethe. Soll ich ihr sagen, dass der Bär nicht mehr da ist und ich ihr gleich in ihrem neuen Zuhause diesen Seelenschmerz zufügen? Oder sollte ich ihr beim Suchen helfen und so tun als würde der Bär sich noch finden lassen? Sarahs Mutter war innerlich hin und her gerissen. Ihr so schnell und hart die Wahrheit sagen, nein, irgendwie konnte sie das nicht. Vielleicht findet sich eine bessere Gelegenheit ihr die Wahrheit zu sagen und das Entsorgen des kleinen Bären einzugestehen, sodass der Schmerz nicht zu groß sei. Vielleicht könnte ich ihr auch einen neuen Bären schenken mit den Worten: "Ein neuer Bär für die neue Wohnung." Sie beschloss ihr heute die Wahrheit noch nicht zu sagen und ging wortlos mit ihrer Tochter mit und half ihr bei der Suche des Bären, von dem sie wusste, dass er nicht aufzufinden sein würde. Im Stillen machte sich Margarethe große Vorwürfe! "Ich hätte Sarah ja auch fragen können, ob sie den alten Bären noch behalten will". Warum ist mir eigentlich nicht bewusst geworden, wie sehr sie diesen Bären liebt, kenne ich meine Tochter so wenig? Irgendwie war es für Margarethe ein Ansporn sich intensiver mit den Gedanken, den Vorlieben und den Neigungen ihrer Kinder beschäftigen zu wollen. Haben wir Erwachsene nicht auch Dinge, an denen wir hängen, die uns wertvoll sind? Oft spielt doch der Zustand des Gegenstandes, sein Alter oder die Funktionalität gar nicht die große Rolle; ist es nicht mehr das was wir fühlen, wie sehr unser Herz an einer Sache hängt, was dessen Wert ausmacht? Ich habe wohl einiges zu lernen sagte Margarethe in Gedanken zu sich selbst und meine Tochter muss es fertigbringen, mir zu verzeihen und somit auch eine wichtige Erfahrung zu machen. Liebe ist zum Wohle meines Nächsten, meiner Angehörigen, meiner Familie zu handeln und unbedingt die Empfindung des Anderen dabei zu berücksichtigen. Mit ihm gemeinsam können wir über den Wert einer Sache unsere Gedanken und Empfindungen austauschen und somit uns wie auch den Anderen besser kennenlernen.

Der Tag, an dem ich meiner Tochter mein damaliges Handeln eingestehen werde, an dem meine Tochter den Verlust ihres Bären wird hinnehmen müssen, wird für uns beide ein schwerer Tag sein.

Margarethe war immer noch zusammen mit Sarah in Ihrem Zimmer und ganz in Gedanken versunken, als ihre Tochter zu ihr sagte: "Mama du suchst ja gar nicht richtig. Mama gibt es meinen Bären noch?" Margarethe nahm Sarah wortlos in den Arm. Sarah weinte, denn sie hatte verstanden. Auch Margarethe konnte nicht verhindern, dass ein, zwei Tränen ihren Weg über ihre Wangen abwärts zu Sarah fanden. Es war auch ein Tag, an dem wir einander noch viel tiefer kennenlernten und es war der Tag, da meine Tochter mir verziehen hat und wir in viel tieferer Liebe miteinander verbunden wurden. Dieses Erlebnis hat mich viel gelehrt und bedeutet mir sehr viel.

Gerhard Jobs

Braunschweig d. 23.04.2014

Fazit:
Der Wert einer Sache ist für dich oft nicht sein Sachwert, sondern der Wert, den du ihm zuordnest.

Trost

Trost ist Balsam für die Seele,
         ist Linderung für ein verletztes Herz.

. . . wer trösten kann, erreicht oft mehr als allein durch
die Medizin und du hast vielleicht sogar noch einen
Freund gefunden.

Gerhard Jobs
Braunschweig d. 03.05.2014

Trost

Wenn du meinst, dir bricht das Herz,
wenn du die Last nicht mehr tragen magst.
Auch keine Rettung scheint für dich in Sicht,
kein Mensch dir nah mehr steht.

Wenn dir unerträglich scheint der Schmerz,
wenn dein Mund sich schließt, du nicht mehr klagst.
Du meinst, jede Hoffnung dir erlischt,
alles Gute an dir still vorübergeht.

Dann richte deinen Blick nur himmelwärts,
der Herr kann befreien, er vermag´s.
Du fühlst, wie aller Kummer dich verlässt,
und das, was dich bedrückte ist nun fort,

     – so, als wäre es nie dagewesen.

Gerhard Jobs

Braunschweig d. 22.04.2014

Bist du verliebt, so . . .

. . . bist du fähig Dinge zu tun, die dir sonst
nicht im Traum eingefallen wären.
Es ist sinnlos dein Handeln rechtfertigen zu
wollen, genieße diese Zeit, sie geht viel zu
schnell vorbei.

Gerhard Jobs
Braunschweig d. 03.05.2014

Das Schönste am Menschsein

Ich habe in zwei Augen geschaut, klarer als das Wasser in einem Bergsee.
Ich habe Hände berührt so zart wie Seide.
Ich habe ein Lächeln gesehen, das hat mich verzaubert.
Ich habe einer Stimme gelauscht, die mich schweigen ließ.
Ich habe mich in niemandes Nähe so eigenartig wohlgefühlt.

Ich habe pünktlich sein können, für mich ein kleines Wunder.
Ich habe bewusst in den Spiegel geschaut, um mein Äußeres zu kontrollieren.
Ich habe nicht gewusst, dass ich so freundlich, so rücksichtsvoll sein kann.
Ich habe mich noch nie so sonderbar, so ganz anders verhalten.
Ich habe Dinge getan, die ich nie vorher getan hätte.

Ich habe noch nie so viel Widersprüchliches zugelassen.
Ich habe noch keinem Menschen so blind vertraut.
Ich habe selbst gegenüber meinen Eltern und meinen Freunden diese andere Meinung vertreten.
Ich habe niemandem gestattet, so tief in mein Herz zu schauen.

Ich habe mit niemandem so gerne Spaziergänge in der Natur gemacht.
Ich habe noch nie so herzlich gelacht.
Ich habe niemals mit jemandem derartige Zukunftspläne gemacht.
Ich habe noch nie mein Alleinsein als so schrecklich empfunden.

. . . . ich glaube, ich habe mich verliebt!

Gerhard Jobs

Braunschweig d. 22.11.2013

Ingeborg

(Danke für die schönsten 50 Jahre meines Lebens)

Gern war ich in Deiner Nähe, wo hätte es schöner können sein?
Mit Dir habe ich selbst in den stürmischsten Lebensabschnitten
Sonnenschein erlebt.
In deiner Gegenwart fühlte ich mich nie vergessen, unbeachtet oder
klein.
Du bist umsichtig und sehr liebevoll und hast beispielhaft nach
Vervollkommnung gestrebt.

Du warst um uns besorgt, tagaus tagein,
viele Stunden Schlaf hast du für uns gegeben.
So kann halt nur eine gute Ehefrau und Mutter sein,
sie schont sich nicht, sie gibt viel von ihrem Leben.

Fünfzig Jahre bin ich dir nun schon der Ehemann an Deiner Seite,
dabei haben Freud auch Sorgen uns begleitet, von allem etwas, auch
nicht zu knapp.
Wir erlebten viel von des Lebens großer Breite,
schöne Zeiten haben wir erlebt, trotz des Lebens "Auf" und "Ab".

Das wir unseren Herrn und Gott gefunden,
das war für uns ein unaussprechlicher Gewinn.
Damit haben wir alles Schwierige gut überwunden
und fanden für uns den rechten Lebenssinn.

Fünfzig Jahre Ehe, da ist man miteinander sehr vertraut,
hat fest zueinander dann gefunden.
Auf nichts Flüchtiges, Kurzlebiges man jetzt mehr baut,
auf Segnungen ist man bedacht, durch die wir miteinander für die
Ewigkeit verbunden.

Nichts hat mich mehr erfreut, meine Ingeborg, das sollst Du wissen,
dass der Herr in seiner Weisheit uns zusammen hat geführt.
Keinen Tag von den vielen schönen möchte je ich missen,
weil Deine Ehrlichkeit, Hingabe und Liebe zart mich hat berührt.

. . . . und wieder würde ich, wäre ich wie damals so um die zwanzig
Jahre, Dich wie beim ersten Mal dann fragen: ". . . willst Du mich
heiraten" und erwartungsvoll Dich küssen.

Gerhard Jobs

Braunschweig d. 01.05.2014

Das Kleingedruckte:
3 Kinder hat Du uns geschenkt und somit:

50 Jahre haben ca. 52 x 50 = Wochen oder 365 x 50 = Tage (ohne
Schalttage) hast Du Dich um uns gekümmert.
Das heißt, auch viel tausend Küsse, etliche Umarmungen haben wir, ich und
die Kinder erhalten, gute Gespräche und viele gemeinsame, schöne Zeiten
haben wir mit Dir erlebt.
das heißt weiter Du hast ca. :
   x mal Frühstück, Mittag und Abendbrot gemacht
   x mal Familienheimabend mit Dir und den Kindern erlebt
   x mal hast Du Wäsche gewaschen, gebügelt etc.
   x mal hast Du nachts die Kleinen gestillt, beruhigt, getröstet
   x mal hast Du ihnen Geschichten vorlesen

— und vieles mehr.

Ist dein Inneres von Liebe erfüllt,
wird dir Göttliches enthüllt.

Du siehst anders, du fühlst anders,
du denkst anders, du handelst anders,
. . . du selbst wirst ein anderer Mensch!

Gerhard Jobs
Braunschweig d. 13.05.2014

Du bist mein Herr

Andächtig, ehrfürchtig ♩ = 98 - 104

Auf die-ser Erd, da suchst du mich, oft bin ich fern, doch führst du mich
Das Tag-werk fängt nun fröh-lich an, ist doch vom Herrn mein Le-bens-plan
Du bist mein Herr, so soll es sein, du bist mein Heil, nur du al-lein.

Kommt dann die Zeit wo ich ver-steh´, bist du be-reits in mei-ner Näh´
Schon das Ge-bet ver-leiht mir Kraft, so daß vom Weg bald viel ge-schafft.
Drückt mich auch Schmerz, ich trau auf dich, ist schwer mein Herz, ich schau auf dich.

Nicht mehr al-lein muß ich jetzt sein, nicht mehr al-lein, nicht ein-sam sein.
Und geht es mal nicht recht vor-an, so blick ich auf und sin-ge dann.
Nur du al-lein kannst Ret-ter sein, nur du al-lein, so soll es sein.

Text : Gerhard Jobs (1982)
Musik : Gerhard Jobs (1982)

Lesen Sie gern? Wollen Sie für einige Zeit dem Trubel des täglichen Lebens, den Sorgen entfliehen?

Dann ist dieser weitere Gedichtband, dieses Buch mit dem Titel:

„Die Treppe zur Ausgeglichenheit,

zum Erkennen der wirklichen Werte im Leben"

das richtige, das ideale Buch für Sie, angefüllt mit gut zu lesenden Gedichten.

Gedichte, mit denen Sie den Alltag hinter sich lassen können .

Einfach nur im Buchhandel nachfragen oder beim BoD - - - - bestellen.

Weitere Informationen zu den Werken und zur Person des Verfassers sind unter **WWW.jobs-geometrie-natur.de**

für Sie bereitgestellt

Lesen Sie romantische Literatur gern? Wollen Sie sich von der „ersten Liebe", die jeder irgendwann einmal erlebt, also auch Nicole, verzaubern lassen? Oder ist das schon zu lange her, sodass ein sich wieder Erinnern nottut? Dann wäre das Buch mit dem Titel:

„Nicole, eine besondere Frau?"

ein besonders gut geeignetes Buch, der gut zu lesende Roman für Sie.

Ein Roman, der Sie den Alltag vergessen lässt.

Einfach nur im Buchhandel nachfragen oder beim BoD - - - - bestellen.

Weitere Informationen zu den Werken und zur Person des Verfassers sind unter **WWW.jobs-geometrie-natur.de**

für Sie bereitgestellt.

Lieben Sie es besinnlich? Mögen Sie es über ausgefallene Ideen und Gedanken nachzudenken? Nicht nur im alltäglichen Trott zu verbleiben, dann könnte das Buch mit dem Titel:

"Gedankensplitter"

das Wünschenswerte, das vortreffliche Buch, für Sie sein.

Einfach nur im Buchhandel nachfragen oder beim BoD - - - - bestellen.

Weitere Informationen zu den Werken und zur Person des Verfassers sind unter **WWW.jobs-geometrie-natur.de**

für Sie bereitgestellt.